CHANSONS

ET

POÉSIES

PAR

FÉLIX LACOLLERIE

EN VENTE :

A BRIVE,	A TULLE,
Chez M. VALÉRY, *Libraire.*	*Chez* M. LEYMARIE, *Libraire.*

PRIX : 50 centimes ; franco, 60 centimes

27

POÉSIES ET CHANSONS

BRIVE, IMPRIMERIE MARCEL ROCHE, RUE DES ÉCHEVINS. -- 879

CHANSONS

ET

POÉSIES

PAR

FÉLIX LACOLLERIE

EN VENTE :

A BRIVE,	A TULLE,
Chez M. VALÉRY, *Libraire.*	*Chez* M. LEYMARIE, *Libraire.*

PRIX : 50 centimes ; franco, 60 centimes.

LA FOI

—

A MON NEVEU

M. L'ABBÉ BOULADOUX

Pasteur, dans ta mission sainte,
De Dieu pour enseigner la loi,
Prêche l'amour et non la crainte,
Car tout cœur aimant a la foi.
L'auteur.

Celui qui cherchant Dieu, s'il ne trouve qu'une ombre
Au lieu d'une réalité,
A dû perdre la vue, à ces clartés sans nombre
Qui brillent dans l'immensité.

Pour ses pas incertains, dans une nuit profonde,
Tous les rayons sont superflus ;
Il croit que le soleil est éteint pour le monde,
Qui n'a qu'un aveugle de plus.

Tout être qui sait voir, de l'immense nature
Apercevra toujours l'auteur ;
Car la saine raison, voyant la créature,
Ne peut douter du Créateur.

Et ce sublime éclair de notre intelligence,
Qu'en soi chacun sent flamboyer,
N'est-il pas un rayon de la divine essence ?
Car tout rayon a son foyer.

Penseur dont le regard va creusant dans l'espace
Les secrets de l'éternité ;
Si du divin moteur tu n'as pas vu la trace,
Où donc est ta lucidité ?

Si tu n'as point trouvé Dieu, sur qui tout repose,
En fouillant dans ton horizon ;
Si tu n'as découvert que des effets sans cause,
C'est que tu n'as plus ta raison !

Un fou seul peut douter de sa propre existence,
Douter de tout, même du Ciel ;
Mais un être sensé, qui raisonne et qui pense,
Dans ses œuvres voit l'Éternel.

Quand de ravissantes peintures
Charment parfois notre regard,
On sait que ces belles figures
Ne sont pas l'œuvre du hasard.

Que l'artiste ait quitté la vie,
Qu'il brille ou qu'il soit inconnu,
Dans les traces de son génie,
On voit qu'un grand peintre a vécu....

Et l'on voudrait, quelles folies !
Que l'esprit, le génie et l'art
Des créations infinies
Fussent le produit du hasard !

Ce hasard, si grand en puissance,
Inspirerait alors la foi !
Car pour donner l'intelligence,
Il faut au moins l'avoir en soi....

Penseurs, laissez donc l'utopie
D'un néant qui nous fait horreur ;
Vous faites une chose impie
En semant le doute et l'erreur.

Laissez aux souffrances humaines
Le doux espoir d'un meilleur jour ;
Car Dieu, pour adoucir nos peines,
Créa la foi, donna l'amour.

Songez que la foi fait éclore
Dans tous les cœurs l'amour du bien ;
L'expérience prouve encore
Que le méchant ne croit à rien.

Songez que Dieu fit toutes choses,
Voyez en tout son art divin;
Il mit le parfum dans les roses
Et l'amour dans le cœur humain.

Dans la voix de l'oiseau qui chante,
Dans l'aurore aux rayons de feu,
Dans l'étoile et dans chaque plante,
Insensé qui ne voit pas Dieu.....

Qui ne s'aperçoit pas que tout, dans la nature,
Suit le cours de sa douce loi,
Qui ne sentit jamais que dans toute âme pure
Sont les délices de la foi.

Vous qui ne voyez pas dans nos saintes croyances,
Tant de dévouements méconnus,
Laissez-nous croire au moins aux justes récompenses
De toutes les grandes vertus.

Ah ! laissez-nous aussi croire au divin sourire
De l'ange qui veille sur nous ;
Si notre ardent amour n'est qu'un faible délire,
Au moins ce délire est si doux !

Laissez-nous croire à la famille,
A l'enfant blond au teint vermeil,
A son beau regard bleu qui brille
Ainsi qu'un reflet du soleil.

Si l'amour pur, céleste flamme,
Vient à vous, qui que vous soyez,
Ecoutez au fond de votre âme
Une voix qui vous dit : Croyez !

Croyez à la divine essence,
Pour l'âme il n'est point de trépas ;
La foi fait germer l'espérance ;
Plaignons tous ceux qui ne croient pas !...

Meymac, février 1879.

A MA NIÈCE

MADEMOISELLE HENRIETTE GRANGE

QUI M'AVAIT DEMANDÉ DES VERS

Qui donne aux pauvres prête à Dieu.
Victor Hugo.

Lorsque vous souriez, vos beaux traits, Henriette,
Sont d'une ineffable douceur.
Tout ce que vous pensez, dans vos yeux se reflète :
Les yeux sont le miroir du cœur.

Le bonheur, mon enfant, sur votre frais visage,
A mis ses rayons inconstants ;
Il aime à visiter les enfants de votre âge,
Vous avez vos quinze printemps.

C'est l'âge, assurément, de la sainte innocence;
Un cœur pur est toujours heureux :
Son rêve est ici-bas d'amour et d'espérance,
Et son réveil est dans les cieux !

Mais avant d'arriver là-haut, parmi les anges,
Tu trouveras plus d'un écueil !
Enfant, crains des flatteurs les perfides louanges
Et les caresses de l'orgueil.

Encor ton jeune cœur, exempt de tout caprice,
Semble goûter un doux sommeil ;
Il est pur comme un lis entr'ouvrant son calice
Aux premiers rayons du soleil.

Tu ne connais aussi, des plaintes de la vie,
Que le murmure des ruisseaux,
Que la brise du soir et la douce harmonie
Que font entendre les oiseaux.

Ton beau ciel azuré, sans brume et sans nuage,
A toute sa limpidité,
Et ton jeune horizon ne connaît pas l'orage
Qui trouble la tranquillité.

Tu cours dès le matin vers les roses fleuries
Qu'on te voit cueillir tour à tour,
Sans penser que le soir elles seront flétries :
Bien des fleurs ne vivent qu'un jour !

Celle qui ne meurt pas, et qui vit toujours belle,
C'est la fleur de la charité ;
Que ton cœur la cultive, il gardera comme elle
Un parfum d'immortalité.

Si le destin sur toi met une honnête aisance,
Combats la misère en tout lieu ;
Aime les malheureux, soulage l'indigence ;
Le pauvre est l'enfant du bon Dieu.

Songe que de ces biens dont on fait une idole,
Qui poussent l'homme à des forfaits,
Nous n'emporterons rien, qu'une simple auréole
Qui reflètera nos bienfaits ;

Songe donc qu'ici-bas, comme un fleuve rapide,
Les saisons passent devant nous,
Et bientôt nous sentons qu'il se fait un grand vide,
Que le soleil devient moins doux ;

Car après les beaux jours viendra l'hiver de glace,
L'hiver aux regrets superflus;
Ce temps où chaque jour nous jette sur la face
L'affront d'une ride de plus.

Alors l'illusion, comme une feuille morte,
A sa branche s'attache en vain ;
Bientôt un vent glacé la déchire et l'emporte
Dans le fond de quelque ravin.

Et l'on entend gémir la voix de la rafale
Mêlée au bruit sourd du torrent ;
Tout est triste et flétri, la nature est plus pâle
Que la figure d'un mourant.

Pourtant l'on m'a conté que souvent la vieillesse,
Conserve un rayon de printemps,
Et que les grand'mamans retrouvent leur jeunesse
Dans le bonheur de leurs enfants.

Dans ces anges charmants, dont le riant visage
Embrase l'amour maternel ;
De leurs beaux jours passés elles revoient l'image
Avant de s'en aller au ciel !

Meymac, 9 novembre 1878.

SOUVENIR ET MÉDITATION

—

A M. EUGÈNE DUMONT

> Celui qui dans son inconstance,
> Chancelle et ne croit plus à rien,
> Ne pourait en votre présence
> Mettre en doute l'amour du bien.
>
> *L'auteur.*

Je crois revoir ce temps où ma pauvre âme aimante
S'oubliait à rêver l'aurore d'un beau jour ;
Je croyais au bonheur, à l'amitié constante,
Aux regards enivrants d'amour.

Que sont-ils devenus ces printemps pleins de flamme,
Où la douce pensée et l'heureux souvenir
Semblaient se reposer sur les ailes de l'âme,
Pour s'envoler vers l'avenir ?

L'avenir ! vers qui va tout rayon d'espérance,
A qui nous donnons tous nos songes les plus beaux,
Sans penser que le temps, des portes de l'enfance
Conduit à celles des tombeaux !

Sans penser ! Mais vraiment à quoi songe donc l'homme ?
L'ignorance sur lui déposa son levain :
De ce qu'il voit, à peine il comprend un atôme,
Et pourtant il se croit divin.

Pauvre insecte oublié dans cet immense espace,
Que le temps, en passant, jette au gouffre béant ;
Ainsi le vent d'automne, en nos bois quand il passe,
Emporte la feuille au torrent.

Telle est la vie, ami, de chimère en chimère,
Ainsi que les vapeurs qu'on voit au point du jour,
Ainsi qu'un feu follet, nous paraissons sur terre
Pour disparaître sans retour.

Pourtant, lorsque parfois ma pauvre âme chancelle,
Quand mes illusions semblent s'évanouir,
Mon espérance alors va retremper son aile
Dans le ruisseau du souvenir.

Je reviens en pensée à ces beaux jours d'enfance,
Où l'on ignore encor les rigueurs du destin ;
Je revois nos coteaux, les fleurs de l'innocence,
Le vieux chêne tordu sur le bord du chemin,

Le sentier rocailleux qui longe la colline,
Les marronniers fleuris et l'antique manoir ;
J'entends le bruit des eaux au fond de la ravine,
Répété par l'écho du soir.

Puis je retrouve aussi dans la verte prairie
Les roseaux, les lilas qu'inclinent les zéphyrs ;
A travers le feuillage et la rive fleurie,
J'aperçois mille souvenirs ;

Mon hameau m'apparaît, mes compagnes d'enfance,
Quand sur le vert gazon avait lui le printemps,
Nous nous livrions sans crainte à la folâtre danse
Qui fait les rêves de quinze ans.

Parfois, le front courbé sous la mélancolie,
J'erre dans les bosquets jusqu'à la fin du jour,
Quand du chant des oiseaux la tendre mélodie
Vient encor me parler d'amour.

Oh ! l'amour, voyez-vous, c'est une douce chose !
C'est un reflet du ciel, c'est un souffle des dieux,
C'est la lyre du cœur, sur qui l'âme se pose
Pour voler vers les cieux !

C'est la timide fleur, le bouton près d'éclore,
Quand les tendres baisers d'un zéphyr amoureux
Semblent les incliner vers la galante aurore,
Qu'ils chérissent tous deux.

C'est nous, à dix-huit ans, quand l'ombre d'une femme,
Quand d'une blanche robe un léger frolement
Fait bondir notre cœur, en glissant dans notre âme
Un doux frémissement.

Mais comme vous passez, rêves d'or et bel âge !
Pourquoi luire si peu, beaux jours, près des autans ?
Pourquoi passer sur nous comme passe un nuage
Emporté par les vents ?

Et que nous reste-t-il après vous dans la vie,
Quand le froid égoïsme et la livide envie
Ont tour à tour flétri toutes illusions ?
Nous nous laissons bercer, pauvres ombres douteuses,
Par les flots bouillonnants de ces mers orageuses
Qu'on nomme passions.

J'aime à t'interroger, ô toi, grande nature !
Réponds : Est-ce à ton Dieu que parle ton murmure ?

Dis, ne ris-tu jamais de notre fol orgueil ?
Oui, j'aime à comparer à ta grandeur immense,
Ces hommes si petits, dans leur vaine opulence,
Quand je vois un cercueil.

Tu dois avoir pitié des sottises humaines
Qui souvent, chez les grands, marchent en souveraines,
Quand les uns, sur le char de leur ambition,
Rêvent de vains lauriers pour ombrager leurs têtes,
Font des vols impudents qu'ils appellent conquêtes.
Quelle dérision !

L'orgueil a de tous temps aveuglé tous les hommes ;
Il s'empare de nous, pauvres fous que nous sommes,
Nous fait courir après des mirages trompeurs ;
C'est lui qui, bien souvent, voile toute lumière
Et fait qu'on ne voit pas à ses pieds la poussière
Du néant des grandeurs.

C'est ainsi que chacun vient paraître en ce rêve,
Que nous commençons tous, que nul de nous n'achève,
Sans pouvoir soulever ton voile, ô grand destin !
Toi seul, Dieu tout puissant, connais ce grand mystère,
Toi qui créas les cieux, toi qui créas la terre
Par ton souffle divin !

Si nous voulons sonder la profondeur secrète
De ce gouffre sans fond, chacun tremble et s'arrête.
Le vertige nous prend ; nous nous sentons frémir.
Alors cette pensée en notre esprit retombe :
Nous venons du berceau, nous allons à la tombe,
Pour ne plus revenir !

REGRETS

D'UN JEUNE HOMME

Pendant que loin de nous fuit la sombre froidure
Et que les vallons sont en fleurs,
Pendant qu'un beau soleil sourit à la nature,
Moi, je souffre et je meurs !

Et pourtant je ne suis qu'à la fleur de mon âge ;
Le marronier qu'on a planté
N'a changé que vingt fois de fleurs et de feuillage
Depuis que je suis né.

Je ne vous verrai plus mes pauvres hirondelles
Que je caressais chaque jour,
Et je n'entendrai plus votre léger bruit d'ailes,
Vos doux gazouillements d'amour.

Eh quoi ! dès le matin, quand paraîtra l'aurore
A travers les rameaux touffus,
Charmants oiseaux des bois, vous chanterez encore,
Et je ne serai plus !

Enfant, tu regrettes le monde,
C'est que tu ne le connais pas ;
Encor ta jeune tête blonde
N'en avait vu que les appas.

Devant ta rayonnante étoile,
Le souffle impur des passions
N'avait pas déchiré le voile
De tes jeunes illusions.

Encor l'infâme calomnie,
— Cachant sous son masque trompeur
Le poison de la perfidie —
N'avait pas effleuré ton cœur.

Ami, bénis la providence ;
Ton âme, toute de candeur,
Sur les ailes de l'espérance,
Remonte vers son créateur.

LA VIE EST AINSI FAITE

Il faut que le ruisseau qui serpente la plaine,
S'il arrose une fleur, noie un pauvre grillon ;
Il faut que le bonheur, dans la nature humaine,
Ne soit qu'un songe éteint par la déception.

Il faut que tout ici brille un jour, et succombe
Après avoir souffert au creuset des tourments ;
Il faut que le berceau pour pendant ait la tombe,
Et que parfois l'hiver glace le doux printemps.

Mais contre tous nos maux, armant notre constance,
Dieu mit au cœur humain un principe éternel :
Il lui donna la foi, l'amour et l'espérance,
Dont les rayonnements ont pour foyer le ciel !...

DIEU SEUL EST GRAND

Massillon.

Regardez, orgueilleux, vous tous grands de la terre,
Ce que fera de vous le temps :
Vous devez être un jour l'atôme et la poussière
Qui s'envolent au gré des vents.

Vous le savez, pourtant, qu'en ce monde tout passe,
Que vos putrides corps disparaîtront sans trace,
Et vous voulez parfois grandir par vos forfaits....
Oh ! pour les opprimés, grands, soyez magnanimes.
On emporte là-haut ses vertus ou ses crimes,
En laissant ici-bas sceptre d'or et palais.

Songez que la grandeur n'est qu'un songe frivole,
Qui nous berce un instant, nous abuse et s'envole,
En nous courbant parfois sous le poids du remords.
Songez que cette vie est de peu de durée ;
Qu'elle passe sur nous ainsi que la fumée
Qu'emporte le souffle du nord.

Oh! folie! oh! néant de la grandeur humaine !...
Vous semblez oublier qu'une main souveraine
Vous fait, quand il lui plait, riches ou mendiants.
Vous vous croyez puissants ! Créature insensée,
Qui ne vois pas qu'un souffle, une brise glacée
Peut te précipiter aux abîmes béants.

O mon Dieu, soulevez un coin du voile sombre,
Qui cache au genre humain tant d'erreurs sous son
[ombre;
Montrez à tous les grands combien ils sont petits!
Et dites-leur surtout, de votre voix suprême,
Que la vertu pour vous a seule un diadême,
Que les oppresseurs son maudits.

Qu'ils comprennent, Seigneur, ta grandeur infinie;
Appréciant alors les erreurs de la vie,
Ce songe qui s'éteint dans ton éternité,
Que l'homme mette en toi toute son espérance;
Que ces astres sans fin, jouets de ta puissance,
Lui montrent son néant dans ton immensité.

Si quelque ambitieux devait briller encore,
S'il fallait que son nom, du couchant à l'aurore,
Retentît glorieux, au bruit de ses hauts faits,
Non, que ce ne soit plus en rougissant la terre
Par des meurtres affreux, commis dans chaque guerre,
Non, que ce soit par des bienfaits.

Que l'homme ne soit plus l'ennemi de son frère :
Aimons-nous, Dieu l'a dit; sur notre pauvre terre,
Notre famille à tous se nomme humanité.
Jésus-Christ nous porta la paix et la concorde,
Mais les rois et Satan ont semé la discorde,
Soufflant sur les flambeaux de la fraternité.

Puisse luire sur nous la divine lumière,
Qui dissipe l'erreur, la haine et la misère,
Qui rend l'homme meilleur et détruit les abus,
Fait germer dans le cœur l'amour de la justice,
Et pousse l'orgueilleux au noble sacrifice
De ses préjugés vermoulus.

Ces bienfaits écloront un jour, grands de la terre ;
Mais vos corps, détruits par le temps,
Ne seront même plus l'atôme et la poussière
Qui s'envolent au gré des vents !

A M. M***

Pendant qu'un vent glacé fait vibrer ma fenêtre,
Que la neige à flocons tombe sur mon réduit,
Je pense aux voyageurs qui sont perdus, peut-être,
Dans les tempêtes de la nuit.

Je pense que, comme eux, je chercherais la trace
D'un sentier que mes yeux ne sauraient découvrir ;
Ou peut-être, couché tout roidi sur la glace,
Je rendrais mon dernier soupir.

Car j'avais tant souffert, quoique bien jeune encore
Quand vous avez en moi fait luire un peu d'espoir;
De mes premiers printemps je n'étais qu'à l'aurore,
Pourtant j'en désirais le soir.

Le découragement, à la face livide,
Semblait vouloir barrer mon pénible chemin;
Je n'osais faire un pas — le malheur rend timide —
Quand vous m'avez tendu la main.

Oh! merci bien des fois! Que Dieu, dans sa clémence,
Daigne vous éviter les ronces du chemin ;

Qu'il donne à vos vieux jours le calme et l'espérance,
Doux rayons du séjour divin ;

Et quand sonnera l'heure où nous quittons la vie,
Ce rêve d'un instant terminé par la mort,
Qu'il éloigne de vous cette pâle agonie
Qu'accompagne le noir remord !

Dans ces derniers instants, où notre âme incertaine
Est comme un feu follet sur notre lit de mort,
Oh ! vienne alors vers vous ce zéphyr, douce haleine
Qui conduit au céleste port.

Si sur ma faible lyre, engourdie au silence,
J'ai voulu cette nuit chanter en votre honneur,
Non, ce n'est pas l'orgueil, c'est la reconnaissance,
Que le temps fait croître en mon cœur.

Après avoir lu « PAUL ET VIRGINIE »

Hélas ! pauvres enfants, vous n'aviez de la vie
Connu que le printemps tout émaillé de fleurs ;
Encore vos jeunes cœurs et votre âme ravie
N'avaient pas connu les malheurs.

Quand vous nous avez fui, ne laissant que deux tombes
Et le doux souvenir de vos cœurs amoureux,
Vos belles âmes sœurs, ainsi que deux colombes,
Ont pris leur essor vers les cieux.

A MADAME DE ***

Madame, il est un cœur qui dans l'ombre soupire,
Et ce cœur donnerait jusqu'à son dernier jour
Pour un de vos regards, pour votre doux sourire,
Ou pour un mot d'amour.

Si vous saviez combien est ardente ma flamme !
Je ne vois que par vous, votre ombre me poursuit,
Vos beaux traits chaque jour s'emparent de mon âme ;
Dans des rêves brulants, je les revois la nuit.

Pourtant nous passerons, ô femme que j'adore,
Et vous n'entendrez plus de moi, même un soupir ;
Je dois tenir caché ce feu qui me dévore :
Vous aimer, et mourir.

LE BONHEUR

—

SONNET

Son foyer n'étant pas sur terre,
Nous n'en recevons qu'un rayon
Qu'on nomme amour, illusion,
Espérance, rêve et mystère ;

Dans le palais ou la chaumière,
S'il fait son apparition,
Bien souvent la déception
Remplace son ombre éphémère.

Devant celui qui le poursuit,
Heureux quand faiblement il fuit,
Laissant sa trace parfumée ;

Le bonheur que la main atteint,
Souvent aussitôt il s'éteint,
Il n'en reste que la fumée.

AU BAS DE MA PHOTOGRAPHIE

AVANT DE L'ENVOYER A UN AMI

D'un critique, si l'air moqueur
Semblait rire de ma *binette*,
Ami, dites-lui que le cœur
Est mieux réussi que la tête.

A MADAME ***

Madame, on dit partout que vous êtes charmante,
Que votre esprit est supérieur,
Et qu'avec vos vertus vous seriez ravissante,
Si vous possédiez un bon cœur.

Vous aimez trop, dit-on, à briller dans le monde;
Ce sont de bien vilains défauts,
Surtout quand, par mépris, vous fuyez à la ronde
Ceux qui ne sont que vos égaux.

Mais c'est qu'on dit aussi que vous êtes hautaine,
Qu'il faut craindre votre courroux,
Car dans vos volontés vous êtes souveraine;
Tout doit s'incliner devant vous.

Puis on ose ajouter que vous êtes boudeuse,
Que les cancans sont dans vos goûts.
Sans doute ces propos sont d'une âme envieuse,
Ayant des sentiments jaloux.

Enfin, de ce qu'on dit tirant la conséquence,
On peut conclure, assurément,
Qu'il manque à vos printemps, un peu d'expérience
Pour former votre jugement.

A M. FÉLIX LACOLLERIE

PAR M. E. CAYRE, AVOCAT

Ami, la muse est immortelle;
Dans le pays des troubadours,
Elle caresse de son aile
Le front jauni des vieilles tours.

Elle aime aussi la forêt verte,
Les vertes algues du ruisseau.
Un soir, Musset l'a découverte
Auprès d'un tremble, un pied dans l'eau.

On la voit souvent, la rêveuse,
S'égarer au fond des vallons,
Où la chanson de la faneuse
Se mêle au cri-cri des grillons.

Sans doute, tu l'auras surprise
Dans une touffe de roseaux,
Aux bords de la Luzège assise,
Regardant paître les troupeaux.

Elle doit aimer la Luzège
Et son rivage aux frais rameaux,
Dont la volute fait le siége
Du tronc noueux des vieux ormeaux.

Elle t'a livré ses mains blanches,
Et, dans sa couche de gramen,
Sous le regard bleu des pervenches,
Vous avez consommé l'hymen.

Ussel, 22 mars 1873.

RÉPONSE

A M. CAYRE, AVOCAT

Ami, pour quelques chansonnettes,
Tu m'adresses des vers charmants,
Où pervenches et paquerettes
Ont un doux parfum du printemps;

Où la Luzège est si bien peinte
Par ton poétique pinceau;
Où, si gracieuse, est la teinte
Des bords d'un timide ruisseau.

Ami, ta muse jeune et blonde,
Aux grands yeux bleus, aux traits divins,
Aime les bords fleuris de l'onde
Et les accidents des ravins;

Et, le soir, la brise odorante,
Qui glisse comme un doux soupir,
Doit bercer dans son âme aimante
Les beaux rêves de l'avenir.

La mienne m'a fui, la cruelle!
Après un seul regard d'amour,
Elle m'effleura de son aile,
Pour disparaître sans retour!

Aussi, bien souvent il m'arrive,
Depuis longtemps, quoique bien bas,
D'appeler d'une voix plaintive
La muse qui ne revient pas.

Je n'ai gardé qu'une musette,
Qui fredonne certain refrain,
Et presque toujours la pauvrette
S'accompagne sur un crin-crin.

Meymac, 28 mars 1873.

LE CLIENT ENDORMI

ANECDOTE COMMERCIALE

C'était par un beau jour : Paris tumultueux
Offrait aux commerçants des acheteurs nombreux ;
Quand de nos magasins, une foule empressée,
En se précipitant vint envahir l'entrée.
Certain client venant des vignes du Seigneur,
— Je veux, Messieurs, dit-il, voir votre ambassadeur,
Cet élégant causeur, dont les phrases coulantes
L'ont si bien illustré dans nos belles Charentes.
Je ne suis à Paris que depuis ce matin ;
J'accours, tout essoufflé, pour lui presser la main. —
Soudain, de toutes parts, l'on s'informe et l'on sonne ;
Bientôt notre héros présente sa personne,

L'un et l'autre aussitôt avec empressement
Se prennent corps à corps, s'embrassent tendrement ;
Je les vis se presser dans une telle étreinte
Que, ma foi, leur cerveau m'inspirait quelque crainte;
Quand par un seul élan tous les deux emportés,
Montèrent visiter nos belles nouveautés.
Alors notre vendeur au langage facile,
Se mit à discourir de cette voix docile
Que chacun lui connaît et qui charme si bien.
Son client fut charmé, mais il n'acheta rien.
Ce n'était pas le but de notre personnage,
Qui, déployant, enfin, son plus brillant langage,
Lui fit un long discours d'un ton plein de grandeur,
Qui lui ferma les yeux, en lui charmant le cœur;
Dans son sublime élan, poussé par l'éloquence,
Il ne voyait plus rien, pas même la présence
De son pauvre acheteur, qui sentait que son corps
S'inclinait lentement malgré tous ses efforts;
Il mit sur nos tissus sa figure grossière,
S'étendit doucement et ferma la paupière,
Morphée en cet instant prodiguant ses pavots,
Jamais il ne goûta si paisible repos...
O muse! donne moi la force et le courage,
Pour exprimer ici la colère et la rage
Qu'éprouve le vendeur au terrible moment
Où son oreille entend un affreux ronflement.
Ses yeux, ainsi que ceux d'un poisson qu'on fricasse,
Devinrent effrayants; il fit une grimace
Que n'auraient imitée un singe et sa guenon,
Pas même Débureau, (1) malgré tout son renom ;
Puis s'écriant enfin d'une voix lamentable :
O grand Dieu! mais il dort! il dort, le misérable!

(1) Débureau, célèbre grimacier.

Creusez-vous donc l'esprit pour soigner vos discours
Avec de tels rustauts! ce sauvage! cet ours!
Mais ce vilain maraud me fait un tour infâme,
Et pour dormir ainsi cet homme n'a point d'âme!
Tout-à-coup, le dormeur, se tournant sans façon,
Par un étrange bruit fit trembler la maison...,
Ce coup fut meurtrier, et cette double offense
Atteignit le vendeur plus avant qu'on ne pense.
Il resta sur ses pieds comme paralysé;
Par ce dernier affront tout en lui fut brisé.
Alors, pour ne plus voir un tableau qui l'outrage,
Dans ses tremblantes mains il cacha son visage.

Avis aux amateurs qui pérorent toujours,
Sans observer l'effet produit par leurs discours.

UN MAUVAIS RÊVE

—

A MADEMOISELLE A. D.

Que vous avais-je fait, quand votre belle lettre
Près de vous me mandait venir?
Pour déchirer mon cœur afin de vous repaître
Des tourments qu'il devait souffrir?

Vous m'aimiez, disiez-vous ; je vous croyais sincère.
Soit caprice ou méchanceté,
Un jour, auprès de vous, ainsi qu'on brise un verre,
Se brisa ma tranquillité.

C'est alors qu'écrivant la lettre injurieuse
Qui m'a donné quelques remords.....
Car du mal qu'on lui fait mon âme est oublieuse,
Sans jamais oublier ses torts.

Malgré quelques chagrins causés par une femme,
On ne devrait pas l'offenser ;
Les traits capricieux ne peuvent ternir l'âme,
Il est mieux de les mépriser.

Mais rien n'est méprisé de celle qu'on adore,
Quand parfois, comme un doux retour,
Tout, jusqu'à ses défauts, vous reviennent encore
Parmi des souvenirs d'amour....

Oh ! je veux oublier ce jour où tant de rage
Avait envahi ta maison ;
Où ton infâme frère et ton triste entourage
Versaient à plein bord le poison.

Ce poison des enfers, la noire calomnie,
Ne pouvant atteindre l'honneur,
Parfois comme un serpent s'enlace à l'infamie,
Pour retomber sur son auteur.

Ce jour, notre bonheur, rêve et fragile idole,
Tomba sous leur cupidité ;
Et le soir avec eux, tu riais, pauvre folle,
De toute leur méchanceté.

Ainsi qu'un insensé, qui rirait de la flamme
Qui va consumer sa maison,
Tu riais du venin qui noircissait ton âme
Après avoir tué ta raison....

CHANSONS

ET

CHANSONNETTES

LA COURONNE DE LA LIBERTÉ

(Musique de A. de Runs)

Des potentats voyez l'ouvrage,
La terre est couverte de sang.
Pourquoi cet horrible carnage?
— Pour amuser un conquérant.
Pauvres fous, que Dieu nous pardonne
Tant d'erreurs et de cruauté!

Peuples, tressons une couronne
Pour la paix et la liberté.

Tant de haine, tant de vengeance
Et tant de massacres humains
Ont leur source dans la puissance
De nos barbares souverains.
Car, pour restaurer un vieux trône,
Ils détruiraient l'humanité.

Peuples, tressons une couronne
Pour la paix et la liberté.

Plus de discorde et plus de guerre.
Quand l'homme aura repris ses droits,
La paix descendra sur la terre
En chassant le dernier des rois,
Race d'enfer qui se cramponne
Au vil pouvoir par vanité.
Peuples, tressons une couronne
Pour la paix et la liberté.

Des Etats brisons les barrières,
Cause de tous nos grands revers;
Enfants de Dieu, nous sommes frères;
Pour patrie, à nous l'univers.
La République nous ordonne
L'amour et la fraternité.
Peuples, tressons une couronne
Pour la paix et la liberté.

LA DÉCADENCE

Si tout conspire contre l'homme,
Le monde doit bientôt périr;
A la dérive voyez comme
Sages et fous semblent courir.
Voyez l'erreur, la divergence
Egarer jusqu'à nos penseurs.
Si nous suivons tous ces farceurs
Nous marchons à la décadence.

L'enfer, sous ses voiles funèbres,
Du progrès berce le sommeil.
Pour Satan, Dieu fit les ténèbres,
L'esprit du mal fuit le soleil.
La nuit convient à la puissance
Du sinistre perturbateur;
C'est un fort dangereux farceur,
Qui désire la décadence.

Orateurs qu'un faux zèle enflamme,
C'est au nom de la liberté
Qu'on peut, dites-vous, laisser l'âme
Dans une ignoble obscurité,
En voilant à l'intelligence
Ses rayons régénérateurs;
Taisez-vous donc, mauvais farceurs,
Vous courez à la décadence.

Certaines classes imprudentes
Ont peur qu'un peuple soit instruit,
Quand par des masses ignorantes
Le monde peut être détruit.
Les partisans de l'ignorance
Se disent tous conservateurs.
Ce sont de bien tristes farceurs
Qui préparent la décadence.

LES TENDRES BAISERS

Chanson de Mariage

(Musique de A. de Villebichet) (1)

Quand l'amitié s'unit à la constance
Pour assurer le bonheur des époux,
A leur chevet, l'amour et l'espérance
Viennent bercer leurs songes les plus doux ;
Mais si, parfois, les échos font entendre
Dans le lointain un malheureux soupir,
Prodiguez-vous quelque baiser bien tendre,
Et ces échos sembleront s'adoucir.

Que la gaieté soit aussi l'apanage
Des jeunes cœurs qu'on unit en ce jour ;
Et que la brise emporte le nuage
Qui peut voiler leurs doux rayons d'amour.
D'un ciel brumeux s'il fallait se défendre,
Si des beaux jours l'éclat semblait pâlir,
Prodiguez-vous certain baiser bien tendre,
Et vous verrez l'horizon s'éclaircir.

Cueillez longtemps les fleurs de la jeunesse,
Savourez-en les parfums amoureux ;

(1) Gauvin, éditeur, rue Montpensier, n° 1, Paris.

Que votre cœur, plein d'une douce ivresse,
Dans vos regards se reflète joyeux.
Et quand l'hiver jaloux voudra descendre
Sur vos printemps, hélas ! pour les flétrir,
Prenez encore le baiser le plus tendre
Et vous verrez les beaux jours revenir.

LES POLTRONS DU VILLAGE

CHANSONNETTE

Je somm' des champs l'homme rustique,
Mais j' craignons la voix du canon ;
Je n' goûtons pas ben cett' musique,
J'aimons mieux passer pour poltron.
Convenons aussi que c'est bête
Quand, pour le bon plaisir d'un roi (1)
J'allons nous fair' casser la tête,
Sans savoir seulement pourquoi.

Zi nous font croire
Qui zia d' la gloire
A s' couper les cous
Tertous,
Pauvres fous !
Pauvres fous !

(1) Prononcez *roué*, *glouère*, *histouère*, *crouère*.

Zi nous parlent d'un tas d'histoires,
D' sabr's, drapeaux, fusils et tambours.
J' leu pass'rions ben ces balançoires,
S'ils nous laissaient à nos labours.
Peuples, nos princes font des dettes
Pour nous faire égorger demain ;
S'ils ont des lauriers su leu têtes,
Ils sont tachés de sang humain.

Zi nous, etc.

L'empire, par sa politique,
Fit tuer nos fils par l'étranger ;
Il faudrait ben qu'on nous explique
Les outrag's que j'allions venger.
Mais j' savons trop que l' pauvre Pierre
A perdu ses bras aux combats,
Et que Mathurin, chez sa mère,
Aux moissons ne reviendra pas.....

Zi nous, etc.

Je voulons cultiver not' terre
Au lieu de jouer aux soldats,
Afin d'éteindre la misère
Qu'engendrent toujours les combats.
Je n' voulons plus, comm' le sauvage
Nous égorger par vanité.
La guerre produit l'esclavage,
Et nous aimons la liberté.

Zi nous font croire
Qui zia d' la gloire
A s'couper les cous,
Tertous,

Qui zia d' la gloire
A s' couper les cous.
Pauvres fous!
Pauvres fous!

A UNE JEUNE ENFANT

ROMANCE

Angélina, ma colombe chérie.
Sur ce front pur, vrai miroir de ton cœur,
Que j'aime à voir la douce rêverie.
La rêverie, enfant, c'est le bonheur,
Oui le bonheur, le vrai bonheur.

En possédant ce que ton cœur désire,
Tu pleureras l'idéal enchanteur
Qui te berçait dans ce charmant délire
Qu'on nomme amour, et qui fait le bonheur,
Oui le bonheur, le vrai bonheur.

Tu pleureras tes beaux rêves d'enfance
Qui t'enivraient de leur encens trompeur;
Tu pleureras tes jours pleins d'espérance;
Sans espérance, enfant plus de bonheur,
Plus de bonheur, de vrai bonheur.

LES GRENOUILLES

Jupiter nous a donné tort,
Pauvres grenouilles que nous sommes,
De nous plaindre sur notre sort,
Disant qu'il vaut celui des hommes,
Qui, vraiment, ne peut trop tenter;
Car on voit, sans faire de fouilles,
Qu'avec nous ils peuvent chanter :
Nous sommes des grenouilles.

Croua, croua, etc. (1)

Dans les marais, nos cœurs joyeux
Ont au moins leur amour sincère;
Les hommes s'égorgent entre eux,
Sottement ils se font la guerre;
Et le vainqueur, faisant le beau,
Aux vaincus prend toutes dépouilles;
Il ne leur laisse que de l'eau
Comme pour des grenouilles.

Croua, croua, etc.

Pour les besoins du genre humain,
Dieu sema partout l'abondance;
Mais l'homme, dans sa sotte main,
A laissé pousser l'indigence.
Pour garder d'innocents troupeaux,
On entretient trop de patrouilles.

(1) Imitant le chant des grenouilles.

L'amour règne sans généraux
Dans le camp des grenouilles.

Croua, croua, etc.

L'homme a l'esprit difforme et bas,
Et la sottise à forte dose;
Si les grenouilles n'en ont pas,
Il n'en est vraiment pas la cause;
Car sa pauvre tête est, ma foi,
Aussi creuse qu'une citrouille.
Des bêtes il se dit le roi,
Il n'est qu'une grenouille.

Croua, croua, etc.

LA CHASSE AUX VIEUX GARÇONS

De vieux garçons notre pays abonde;
Mais puisqu'à rien ces farceurs ne sont bons,
Il faut enfin qu'on en purge le monde.
Faisons, Messieurs, la chasse aux vieux garçons ;
Des bons maris ils troublent les ménages,
Quand pour leur compte ils fuient des liens si doux;
Ils sont trompeurs, libertins et volages,
Même, dit-on, ils se font loups-garous.

Pour chasser ces vieux garçons,
Pif, patapouf, pif, paf, ponpaine,
Armons-nous de mousquetons
Pif patapouf, pif, paf, ponpons, etc.

Quand bien souvent l'amour brûle son aile
En allumant de l'hymen les flambeaux,
Près d'une épouse où la vertu chancelle,
Tous ces hiboux deviennent tourtereaux.
Du monde entier ils corrompraient les femmes,
Certain démon les conseille tout bas;
Des vieux garçons s'il convoite les âmes,
Il est volé... Ces messieurs n'en ont pas.

Pour chasser, etc.

On voulait bien, pour ne pas les détruire,
Qu'on essayât d'en faire museler.
Bientôt on vit qu'ils pourraient toujours nuire
Et qu'il fallait enfin les supprimer.
Ce n'est qu'après des débats fort pénibles
Qu'on décida que tous les vieux garçons
Seraient classés comme bêtes nuisibles
Qu'on peut chasser dans toutes les saisons.

Pour chasser, etc.

C'est aujourd'hui que leur chasse est ouverte,
On peut tirer sur tous les vieux garçons ;
Nous pensons bien qu'ils vont la trouver verte,
Pour l'avaler ils feront des façons;
Mais il le faut, cette race frivole
Démolirait notre société;
L'ordre moral ferait la cabriole
En culbutant vers l'immoralité...

Pour chasser, etc.

LA NOUVELLE CIGALE

(Musique de WACHS) (1)

Une cigale, un jour dans la débine,
Ayant croqué jusqu'à son dernier grain,
Pour carroter la fourmi, sa voisine,
D'un vieux cancan lui chanta le refrain :
La saison trop tôt close,
Sœur, ne me laisse rien;
Prêtez-moi quelque chose,
Je vous le rendrai bien.

Mais la fourmi, qui voit clair sans lunettes,
Lui dit : Nenni, c'est de fort mauvais ton,
Vous imitez, de Paris, les lorettes,
Qui croquent tout dans leur belle saison.
Dans la folle ripaille,
Leur regard assassin
A réduit à la paille
Plus d'un riche badin.

Dans leur printemps, leurs belles roucoulades
Charment les cœurs en vidant les goussets;

(1) Chatot, éditeur, 19, rue Neuve-des-Petits-Champs.

Mais quand l'hiver leur lance ses ruades,
Plus n'ont ni sou, ni maille à leurs lacets.
Blanches dents et teint rose,
Avec le beau gandin,
Laissant fort peu de chose,
Ont pris le même train.

Tout comme vous, elles font la grimace,
N'ont plus de pain, pas même de jupon ;
Contre la faim ou le froid qui vous glace,
Allez danser ensemble un rigodon.
Ou bien tâchez, ma chère,
De bannir le chagrin
En berçant la misère
Par ce petit refrain.

LE BOUCLIER DES PEUPLES

(Musique de J. Darcier.)

Pourquoi ce fer, pourquoi ces armes?
Pourquoi tant d'apprêts meurtriers?
Faut-il encor verser des larmes
A l'ombre de vos vains lauriers?
Ah! c'est assez. La barbarie
Devrait avoir fini son cours.
A nous l'univers pour patrie,
Et pour bouclier notre amour.

Tant de trésors, fous que nous sommes,
Armeront donc des bataillons.
Tant d'or pour massacrer des hommes,
Si peu pour nos pauvres sillons.
Que tes glaives, ô tyrannie,
A labourer servent un jour.
A nous l'univers pour patrie,
Et pour bouclier notre amour.

Du monde entier, voyez nos princes
Egarés par l'ambition;
Pour usurper quelques provinces,
Ils ruineraient leur nation.

Peuples, méprisons leur folie,
La raison doit avoir son tour.
A nous l'univers pour patrie,
Et pour bouclier notre amour.

Pourquoi, sur notre pauvre terre,
Rêver partout des ennemis?
Il n'en est qu'un: c'est la misère.
Pour le vaincre, soyons unis;
Laissons aux rois seuls la furie
De se massacrer tour à tour.
A nous l'univers pour patrie,
Et pour bouclier notre amour.

Que de la paix, reine du monde,
L'air pur souffle dans nos vallons;
La terre sera plus féconde,
Plus belles seront nos moissons.
Nos fils, d'une voix attendrie,
Chanteront ainsi leur retour:
A nous l'univers pour patrie,
Et pour bouclier notre amour.

TABLE

Poésies

Chansons

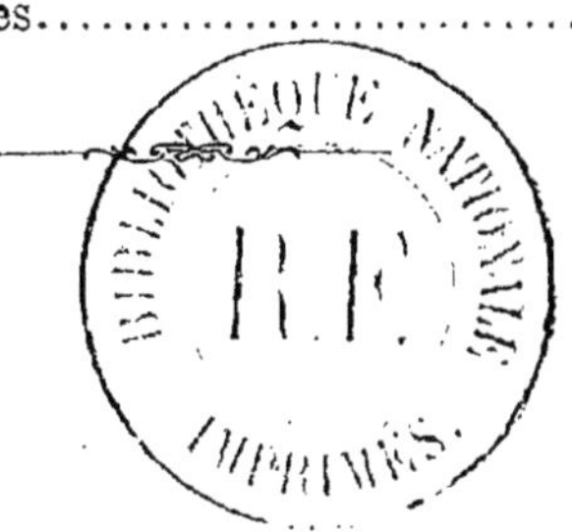

www.ingramcontent.com/pod-product-compliance
Ingram Content Group UK Ltd.
Pitfield, Milton Keynes, MK11 3LW, UK
UKHW022145190726
13855UKWH00003B/1343

9 782013 052870